무궁화꽃이 피었습니까

seestarbooks 020

무궁화꽃이 피었습니까

민윤기 제7시집

스타북스

이 시집에는 아름다운 꽃도,
별을 바라보는 꿈같은 이야기도,
사랑의 달콤한 언약도 없다.
그저 삐딱한 눈으로 세상을 비판하는
냉소적인 시 몇 편이 있을 뿐.

그러나 희망의 신호이길.

이 시집은 미처 준비하지 못했던
내 시의 플랜 B다.

2021-2
겨울을 앞두고
민윤기

무궁화꽃이 피었습니까
mogcha

＃2

#3

#4

#1

무궁화꽃이 피었습니까 1
—방방곡곡에 무궁화꽃

국회에 무궁화꽃이 피었습니까 국회의원들 앞가슴에 무궁화가 피었습니까 청와대에도 무궁화가 피었습니까 대통령 휘장에도 무궁화가 피었습니까 정의를 세운다는 법관들 법복에도 민중의 지팡이 경찰관 아저씨들 어깨에도 소령 중령 대령 소장 중장 대장 장군들 계급장에도 무궁화가 활짝 피었습니까 군인들은 다이아몬드보다도 무궁화를 훨씬 좋아합니까 하다못해 시의원 구의원 배지에도 무궁화가 피었습니까

그런데 이 노릇을 어쩝니까 무궁화꽃에 먹을 게 많다 보니 진드기가 끼고 벌레 먹고 병들었습니다 국회의원들도 법관들도 경찰관들도 군인들도 썩고 병들어 무궁화에 향기는커녕 썩은내가 지립니다 억 억 소리 요란하고 갑질 꼼수 무법 불공정이 심합니다

병든 무궁화꽃을 나무째 베어 버려야 할까요
병든 꽃송이만 찍어내야 할까요
이참에 갈아엎고 새 품종으로 교체해 버리세요!
결정은 나무 주인들 몫이지요

14

대마도 무궁화
―무궁화꽃이 피었습니까 2

지금은 남의 땅 대마도에도 무궁화꽃이 피어 있더군
이즈하라 읍사무소 담장 밖으로 줄지어 피어 있더군
날이면 날마다 정오가 되면 무궁화 노래도 흘러나오데
무궁화 무궁화 우리나라꽃
삼천리 강산에 우리나라꽃

또, 윤동주 시신을 화장한 후쿠오카 히바루 장제장에도
위령비 옆 주차장 공터에 무궁화 나무 몇 그루 있더군
그렇게도 시대의 아침을 기다리다 죽은 청년 윤동주처럼
진딧물로 병들어 제대로 피어 보지도 못한 무궁화 꽃 송이
'조선청년 스물여덟 못다 핀 청춘이 너무나 억울하다'
우리는 별이 숨어 버린 하늘을 향해 주먹질하듯
떼창으로 무궁화 노래를 불러댔지
박정희 영혼을 달래려고 심수봉이 불렀다는
그 무궁화 노래를

            참으면 이긴다*
            목숨을 버리면 얻는다
            포기하면 안 된다
            눈물 없이 피지 않는다

*심수봉이 부른 '무궁화' 가사 중에서

15

꼭꼭 숨어라

머리카락 보인다!

그 골목으로

유년 시절의 그 골목으로

역주행 시간열차를 타고 가면

만날 수 있을까

날이 저물어

구슬치기도 땅따먹기도 가이상*도 시들해지면

누구랄 것도 없이

가위 바위 보!

술래잡기가 시작되는데

술래를 도맡았던 윤순이를

만날 수 있을까

윤순이는 서쪽하늘에 뜬 초승달처럼

눈을 반쯤 뜨고 외쳤겠다

무궁화꽃이 피었습니다
무.궁.화.꽃.이…피었습.니다

우리는 도둑고양이처럼
흔적도 없는 도깨비처럼
형체를 볼 수 없는 그림자처럼
술래가 보지 못하는 틈을 노려
살금살금 한 발짝 두 발짝 앞으로 가
야도!하고 소리질렀겠다

그 골목에 가면
술래잡기하던 유년 시절의
윤순이를 만날 수 있을까
술래가 되어도 하나도 무서워하지 않고
술래잡이인 내게 언제나 누깔사탕을 쥐어주던
윤순이 목소리를 들을 수 있을까

*일제강점기 때 사용하던 일본어 '개전開戰'에서 따옴

성기훈 씨
—무궁화꽃이 피었습니까 4

쫄지 말아 정신 똑바로 차려야 해 룰은 공정하고 정의로울
거라고 말하지 정의는 무슨, 저의를 품고 있을 거야 게임 참
가자들은 평등한 게임이라고 믿고 싶지 평등한 사회라고 믿
고 싶지 전 인민이 평등한 사회주의 사회가 평등하다고 믿
었었지 기회는 균등 민주주의 자본주의 사회가 평등하다고
믿었었지

술래가 하는 말에 귀 기울이라구 술래 마음먹은 대로 하는
거야 술래는 돌아서서도 뒤가 보이는 눈이 있다구 아얘 공
정과는 거리가 먼 게임이야 머리칼만 휘날려도 가차없이 사
살하는 거야 지금까지 살아온 세상과 다를 바 없지

회사에서 쫓겨난 후 백수가 뭐 별수 있겠어 마누라도 버린
남자가 별 수 있겠느냐구 사채 얻은 돈으로 경마 포커 도박
에 날리니 행운은 로또처럼 몇 백만 분의 확률이지 에라 니
들이 쓰라는 대로 신체 포기 각서도 쓰겠어 못 갚으면 돈 되
는 건 몸밖에 더 있겠어 눈알 하나 콩팥 한 조각 떼어갈 테
면 떼어가라지 근데 하나밖에 없는 칠순노모 당뇨 수술은
해드려야잖아 내 친구? 시장바닥 노점상 어머니 서울대 나

18

온 잘난 아들 긴 설명 필요 없어 주식은 밥이고 가상화폐가
대세라길래 한몫 잡으려고 선물에 손댔는데 재수가 없었지
뭐, 꽝!

이 게임에서 지면 내 인생 플랜 B는 없어
적자생존?
더 이상 물러설 곳이 없다구?

한가한 소리 마 넌 구경꾼이잖아 할 거면 이왕 할 거면 독하
게 해야지 쫄지 말아 정신 똑바로 차리라구

탕 탕탕!
—무궁화꽃이 피었습니까 5

탕탕 탕!

아아아아아아아아아아아
아아아아아아아아아아아
아아아아아아아아아아아
유유유유유유유유유유
아아아아아아아아아아아
아아아아아아아아아아
아아아아아아아아아아아
아아아아아아아아아아아
유유유유유유유유유
아아아아아아아아아아아
아아아아아아아아아아아
아아아아아아아아아아아
유유유유유유유유유유
아아아아아아아아아아아
탕!

무궁화꽃이 피었습니까 6
―물러서지 마라

지금 이 자리에 계신 분들은 모두 감당할 수
없는 빚을 지고 삶의 벼랑 끝에 서 계신 분들
입니다

서바이벌 게임이다 승자는 단 한 명뿐이다 물러서지 마라
물러서지 마라 내 인생에서 빠져나간 사람은 잊어버리고 내
가 밀어낸 사람은 꼭 기억하자 누군가는 별을 보면서 사랑
을 생각하고, 누군가는 꿈을 꾸고, 누군가는 사랑이 술이라
면 독한 술이었으면 좋겠다 한 잔 마시고 콱 취해 죽어 버리
고 싶다, 고 생각한다

어그로를 치지 마라 망상은 해수욕장이다

삶은 공소시효가 끝나지 않은 체포영장 같은 것

게임은 끝났다 야도夜盜는 없다 살았더라도 아직은 승자가
아니다

보루를 빼앗긴 척후병이다 무전기 주파수를
잊어버린 무전병이다

#2

거짓말이야

김추자 씨는 꼭 스무 번 '거짓말이야'를 외친다 맹호부대 출
신인 내가 '월남에서 돌아온 새까만 김상사'를 열심히 애창
하고 있을 때, 어느 날 갑자기 거짓말이야 거짓말이야 꼭 스
무 번 외치면서 김추자 씨는 쉰 목소리로 노래를 부른다 그
노래를 나는 낄낄대며 맞아 맞아 하며 따라 부른다 허구헌
날 시도 때도 없이 그렇게 라디오에서 흘러나오던 그 노래
가 뚝! 불신풍조를 조장한다나 금세 금지곡이 된다

금지곡이라니! 하지 말라는 건 더 하고 싶잖은가 포장마차
에서 통술집에서 심야영업 업소에서 얼마나 많이 불러댔는
지 모른다 이건 1970년대 군사정권 때 이야기가 아니다 거
짓말이야 거짓말이야 거짓말이야 지금도 김추자 씨를 따라
부른다 사랑도 거짓말 눈물도 거짓말 그렇게나 잊었나 세월
따라 잊었나

'거짓말은 거짓말을 낳는다'는 박노해 시인의 시 '거짓말'의
첫 줄이다 박노해의 시처럼 거짓말은 거짓말을 낳고 그 거
짓말이 또 거짓말을 낳고 또 또 그 거짓말을 감추기 위해서
거짓말을 만들고 또 또 또 또 그 그 그 거짓말로 둘러대고
슬쩍 넘어간다 아무리 거짓말을 쏟아내는 주둥이를 향해 진

실의 방아쇠를 당겨도 늘 오발이다 겨냥하고 들이대고 호통
치고 속삭이고 읍소하며 거짓말의 심장을 조준해 방아쇠를
당겨 봤자다

이렇게 속수무책일 것 같지 거짓말에 무방비 무장해제 당
하기만 할 것 같지 아무리 해도 그냥 항거 불능 상태로 있을
것 같지 김추자 씨의 노래처럼 사랑은 영원하다는 거짓말
세월 따라 잊는다는 거짓말에 보태고 보태어도 괜찮을 것
같지 그떡 없을 것 같지 희망의 선동문을 집어치워라 시국
時局의 모든 말은 독이다 난해 시보다 더 난해하다 알아들을
수 있을 만큼 설명해도 알아들을 수 없을 것 같지 들으려고
하지도 않을 것 같지 귀는 열려 있어도 입은 얼어붙을 것 같
지

거짓말이야 거짓말이야
우리 안에 포획된 짐승처럼
시는 진실을 담는 그릇이 못된다는 것을
우리는 알고 있다 거짓말을

니들만 모르는 거야

총과 칼

당신의 것은 장총長銃이 아니라 권총입니다
가까이 다가서는 것만큼 당신은 행복해집니다
남자가 흘리지 말아야 할 것은 눈물만이 아닙니다
나를 깨끗이 사용하시면 오늘 본 것을
평생 비밀로 하겠습니다

경부선 하행 휴게소에서 읽은 경고문입니다

당신의 것은 청룡언월도가 아니라 망나니의 칼입니다
그 칼에 당신 목이 잘릴 수도 있습니다
당신이 흘리지 말아야 할 것은 피만이 아닙니다
저를 계속 더럽게 사용하시면 오늘까지 본 것을
평생 광고하겠습니다
저를 가까이 하는 것만큼 당신은 불행해집니다

광화문 광장에서 청와대 바라보며 적습니다

나가 줘

연애하는 애들은
헤어질 때 이렇게 말 한다더라
이제 내 인생에서
나가 줘 제발
그러니까 지긋지긋한 지도자에게
빨리 내 나라에서
나가 줘 제발
말해도 되잖아
연애할 때 애인이
바람 피고 거짓말 하고 폭력 쓰면
삼진아웃이라지 아마
내가 뽑은 지도자가 거짓말 하고
폭력배 같은 독재질 하고
나랏돈 탕진하면
삼진 아웃 맞지?
지금 法務部라고 쓰고
法無部 장관이 나대는 나라
내 인생에서 나가 줘
내 나라에서 나가 줘

어딘가에서 무슨 일이 생길 때마다 나타난다는
홍반장에게 부탁하자

실종된 송혜희 좀 찾아 주세요 서울 종각 옆에도, 광화문에
도, 왕십리 광장에도 몇 년 째 현수막이 내걸렸다 이십 년째
딸을 찾는 아버지가 내 건 현수막이다 혜희 아버지는 단 하
루도 딸을 잊은 적이 없다 몇 년 전 현수막 걸다가 추락하
는 바람에 허리를 크게 다쳐 큰 수술을 한 아버지다 이십 년
전 대전시 도일동에 살던 혜희가 실종되었었다 마지막 목격
자는 마을버스 기사 아저씨다 경찰 수사가 시작됐지만 딸을
찾지 못한 아버지는 실종된 송혜희 좀 찾아 주세요 전국 방
방곡곡 전단지를 돌리고 현수막을 내걸고 딸을 찾아 나섰다
딸을 찾지 못한 아내는 스스로 세상을 버리고 실종 사건 공
소 시효는 끝났지만 아버지는 오늘도 전단지를 돌리고 있다

홍반장에게 부탁하자
혜희를 찾아달라는 마지막 부탁과 함께 찾아 주는 김에 하
나만 더 찾아달라고 부탁하자 실종한 대한민국 민주주의다
그녀를 어디로 납치해 갔는지 꽁꽁 묶인 그녀가 지금 어떻
게 죽어 가는지

개돼지가 개돼지에게

나는 갭니다 나는 돼집니다 그렇다면 똥갠가요 주인 물어뜯
는 도벨만인가요

오로지 한평생 돈사 안에서 밥 많이 처먹고
살 쩌워 불판 위에서 삼시세끼 육신 봉양하는
제주산 흑돼진가요

아이다 니가 개다
니가 돼지다 개 눈엔 개만 보인다 돼지눈엔 돼지만 보인다

붕어 미꾸라지가 뭘 알겠어요 가재나 개구리나 개 같은 세
상인데 그러니까 모두 개 같은 인생 개 같은 국민처럼 살게
요 인문학은 무슨 놈의 인문학! 민도民度가 높기는!

이해할 수 없는 블록버스터

영화를 중간부터 봤을 때처럼
도무지 알지 못하겠다

지금 이 시국時局이 뭐지?
등장인물들 관계도 모르겠고
내뱉는 대사는 도대체들 뭐라는 거야

걸리버여행기도 동물농장도 어벤저스도 아니고
개돼지도 아니고

오버하고 자빠졌네
정해진 대사나 나불거리고

지금 평화의 지퍼를 내릴 때인가 이 시국에
위험하다 이 극장은

이 영화는
이 세상은

시인들에게

시대의 허리는
동강 나고
정의의 입은
한쪽으로 돌아가고
자유는 꽁꽁
묶여 버릴지도 모르고
정치의 똥구멍은
시도 때도 없이 더러워지는데
고상한 시인들은
꽃이며 노을이며
영혼 같은
말의 사막 위에
모래성이나
쌓겠다고

시詩를 분해하면 말과 절이다
절속에 있는 말은 들리지 않는다

절속에 있는 말을 찾아서
말 속에 있는 절을 짓는 흉내를 냈을 뿐이다

지금 나는
시 속에 시상누각詩上樓閣을 짓고 있다

시작詩作에 비법은 없다

영감靈感은 낯선 곳에서 오지 않는다

시인은 시를 쓴다

시인은 시를 쓴다,고 사화집을 펴내고 시인은 시를 쓴다,고
시잡지에 컬럼 제목을 정하고 시인은 시를 쓴다,는 행사를
주최하는, 나에게 시인들이 묻는다

시인이 시를 쓰지 그럼 시인이 노래를 하겠느냐 시인이 시
를 쓰지 딴 짓이라도 한다는 말이냐

그런 질문에, 비아냥에, 뒷담화에 답을 하지 않는다   시를
쓰지 않는 시인이 워낙 많으므로 시를 쓰지 않으면서 시인
의 명찰을 달고 운두 높은 시인의 모자를 쓰고 여기저기 나
대는 시인이 있으므로

시인은 시를 쓴다,고 몇 번씩 비난해도 내 생각은 변함이 없
다 시인은 시를 쓰는 사람이다 할 말도 시로,

제발 감추지 말고
시로,

위해서

위해서,라는 말을 버리지 않겠니
사랑을 위해서, 조국과 민족을 위해서

이제는 버리지 않겠니 위해서,라는 말이
얼마나 위해한지 알 때도 되었잖니

국화꽃 한 송이를 위해서
사랑하는 당신만을 위해서
패랭이꽃이나 망초나 수선화나 나비를 위해서
얼마나 많은 감탄사와 수식어를 낭비했는지
모르겠니

사랑을 위해서 나 자신을 몽땅 바쳤었는지

위해서, 라는 말을 버리는 것처럼
마음을 비우겠다,고 말한 적 있니
마음을 비웠다, 고 말한 사람이
정말 마음을 비웠다,고 믿을 수 있겠니

세종로 광화문

세종로라고 쓰고 광화문이라고 읽는다
세종대왕 동상보다 광화문 위용에 압도되어서가 아니다

광화문에서 만나자고 하지
세종로에서 만나자고 하지 않는다
세종로는 도로명 주소에 있지만
광화문은 그 촛불 속에, 그 함성 속에,
그 분노 속에, 그 치욕 속에 있다

누구는 명박산성을 쌓았다,고 욕하고
누구는 재앙산성을 쌓는다,고 욕하지만
무엇을 지키려고 수십 대 경찰버스가 상주하는지
누구를 살리려고 수백 미터 바리케이트를 치는지
세종로라고 쓰고 광화문으로 읽는다
신문은 그렇게, 방송은 그렇게,
역사도 그렇게, 시인들도 그렇게….

주한미군 철거하라!
지금도 현수막 그대로 있는데
시대를 갈아엎는 공사가 진행 중이다

장군이 왜 여기서 나와요

매일 아침 지하철로 출근할 때 종각역에서 만나는 전봉준
장군이 생뚱맞다 솔직히 전봉준 장군이 등장할 무대가 아니
다 황토현 마루 동학군을 이끌고 관군들을 향해
호령하던 전봉준 장군이다 우격다짐 강제로 앉혀놓은 듯한
전봉준이 왜 여기서 나와

1번 출구를 나가면 턱 앞을 가로막는다 전봉준 장군은 한국
사의 생선가시다 왜 여기서 녹두장군이 나오냐구 함께 죽창
가竹槍歌라도 불러야 하냐구 그 봉두난발 시퍼런 시대의 혁명
아를 고층빌딩 사이 이 비좁은 공터에 마치 무릎 꿇리듯 앉
혀 놓아야 하나 이곳이 전옥서 터라고 해서?

전봉준 장군을 벌떡 일으켜 세워야겠어
동학군 이끌고 사람이 하늘이다
가자 조선으로!
군령을 내려 더러운 세상 갈아엎을 기세로
앞장서던 전봉준 장군을 군마에 태워야겠어
무릎 꿇려 앉혀놓는 건 장군을 두 번
죽이는 셈이야 이건

장기표 선생

주먹보다 입이 크고 머리보다 심장이 크다

장기표는 셔츠 맨 꼭대기 단추다

채우면 답답하고 불편하지만

짐승들과 싸우려면

괴물들과 맞짱 뜨려고 앞장서려면

단단히 채워야 하는 단추다

흙냄새가 나는 사람이다

사람 냄새 나는 새 세상 만들기 위해

문지기를 자처했다는 누구*보다도

목수나 짐꾼도 마다하지 않을 사람이다

만약 내가 장기표라고 기표된 투표용지를 만난다면

망설이지 않고 한 표 던지겠다 비록

일단 가십으로도 신문에 잘 나오지 않더라도

굵직한 견출고딕 헤드라인으로 읽고 싶다

체구는 작고 말랐지만 사유의 영양 넘치는 그와,

가을햇살 따뜻한 날 상처투성이 그와,

손을 마주잡고 느티나무 아래에서

낮잠 한 번 늘어지게 자고 싶다

*상해임시정부 백범 김구 선생

미얀마여
미얀마의 지식인들이여
미얀마의 시인들이여
–미얀마 시인 세인 윈을 추도하며

미얀마는 걱정하지 마라

나라가 나쁜 방향으로 가는 걸 두고 보지 않고 피를 흘려가
며 지키는 젊은이들이 있잖니 산 채로 처형된 시인의 시 정
신을 보였잖니

무조건 쏴라 시위대원을 조준 사격하라
나쁜 군부 명령 거부하고 국경을 넘어
인도로 망명해 싸우는 경찰들이 있잖니

미얀마는 포기하지 마라
대통령이 나라 버리고 도망가기 바쁜 아프간 지식인들이 해
외로 탈출하며 대신 싸워 달라 애걸하는 아프간 제 나라 여
성도 못 지키는 걸레군대의 나라 아프간과 다르잖니

민주주의는 피를 먹고 자란다고 하잖니
민주 시민 연합군으로 미얀마는 뭉쳤다잖니

목숨 걸고 지킬 위대한 가치는 민주주의라며
80살 노인도 무차별 총질에 저항하는
미얀마여!
지식인들이 시민들을 이끄는 미얀마여!
미얀마의 시인들이여! .

미얀마는 걱정하지 마라.
미얀마는 포기하지 마라

동물론論

나는 동물입니다
매일 똥을 싸는 동물입니다

끙 하고 잠깐 힘을 주면 똥이 나옵니다

어제 점심 때 먹은 짬뽕도 어제 저녁 때 먹은 갈매기살도
스테이크도 햄버거도 먹은 음식은 죄다
똥이 되어 나옵니다
도덕이란 것도 별 수 없어 윤리라는 놈도
위선의 가면을 쓴 개똥같은 철학 나부랭이도
누구 누구는 똥이 구리다고 코를 막겠지만

나는 황금빛 굵은 내 똥이 좋습니다

똥은 힘입니다
민주주의입니다
적폐 청산입니다
자서전입니다

이념의 변비에 걸린 분들은 동의하지 않으시겠지요?

#3

언제 한 번 밥이나 먹자, 는 분들에게 묻는다 밥 대신 언제
한 번 국수나 먹자고 하면 어디 덧나나 격이 떨어지나 떨어
지기는커녕 국수는 밥보다 훨씬 품격 높은 음식이다

배 고플 때 밥은 숟가락으로 마구 퍼먹어대지만 국수야 아
무리 급해도 무사가 진검 승부하듯 차근차근 젓가락 키 재
본 후라야 먹기 시작한다 밥 짓고 파는 집은 흔하다 식당이
라 부른다 그러나 국수 파는 집은 제면소 또는 면사무소라
고 부른다

국수들은 또 얼마나 예쁘고 친근한 별명을 가졌나
국수가 피곤해 침대에 누우면 메밀국수
국수가 꼬불꼬불 아줌마 파마를 하면 라면
국수가 파티를 하면 잔치국수
마음껏 때려라 수타국수
어마무시 무서워요 할매손 칼국수
거친 세상 쫄지 말라고 쫄면
힘껏 밀어 주세요 밀면

눈치 채셨겠지만, 그래서 나는 국수주의자가 되려고 한다
국수國手는 아니고 국시國詩는 절대 아니고 밀가리로 만든 국
시가 아니라 밀가루로 만든 국수를 즐기는 국수주의자 말이
다

국수주의자 2

고기 드신 후 냉면국수 공짜라는 고깃집 사장님들 보세요
그런 고깃집이라면 나는 가지 않겠다
국수 한 그릇을 드시면 고기가 공짜라면 모르지만
그만큼 국수는 재료부터 완성까지 손질이 많이 간다

그렇다고 꽃 문양 고급 백자 섭시에 국수를 담을 필요는 없다
그냥 삼시 세끼 밥처럼 막사발에 담아도 국수는 맛있다

국수는 탕탕 반죽을 치대고 펴는 작업이 기본이다 밀가루를
훌륭한 음식으로 만드는 데 그만한 고된 과정은 언제나 즐
겁다고 숙수는 말한다 하물며 나는 시를 쓰는 시인이다 마
음에 품은 생각 하나 시 한 편으로 우려내는 데 고행 숙련
고심 번민 제대로 겪지 않아 왔다고 고백하겠다 자수하겠다
물은 더 많이, 불은 쎌수록 쫄깃하고 탱탱한 면발이 된다 상
상력은 무한 공간에서 자유롭게, 화술은 꼭 필요한 만큼만
단순하게, 그래야 시가 국수 맛을 이긴다

나는 아직도 진정한 국수주의자가 되려면 멀었다

제비

왜 죄를 지으면
별을 단다고 하는지 모르겠다
왜 짭새가 하늘을 나는 새가 아니라
범인 잡는 형사를 가리키는지 모르겠다
왜 삼월삼짓날이면 돌아온다는 제비가
사시사철 강남 뒷골목에 나타나는지도 모르겠다
그래 삼송리 버스 종점 첫 애가 태어나고
겨우 얻은 셋방 세 식구가 살던 집
그래 그땐 세상살이가 주머니 속의 오백원짜리 동전 같은
희망뿐이었어
첫애는 잘 웃고 음마 음마 하면서
옹알이를 할 때니까
그래 택시운전사 박씨네가 함께
살았었지 옆방에
하루가 멀다 하고 싸우더니만
연년생 아들딸 낳고 잘 살았었지
삼월삼짓날이면 돌아온다는 제비가
삼송리 그 집 추녀에 집을 지었던 거 기억이 나
오수표修만에 경찰시험 합격해 형사가 된 주인집 아들
펄펄 강남제비 잡으러 날아다니는 새가 되었다는 것도

새우깡

소주 한 병과 궁합이 잘 맞는다
쯔릿한 냄새나는 오징어다리보다
훨 쩐한 짝이다
근데 이거 알아
새우깡은 갈매기들 밥이란 거
석모도행 배를 타면
인간들이 새우깡 던져주느라고
난리도 아니지 그래서
그 갈매기들을 거지 갈매기라고
부르는 사람도 있다 성인병 걸린다고
주지 말라는 사람도 있다 재밌는데
정작 새우깡이 나쁜 이유가 뭔지 알아
갈매기들이 물고기 잡는 걸 잊어버린다는 거
인간 의존도가 너무 커 독립정신이 망가진다는 거

소주 한 병 새우깡 한 봉지
궁합도 맞고 맛도 지리지만
이건 아니라고 봐

두통약

머리가 아프다면서
두통약은 왜 안 먹어요
아내가 추궁하지만 안 먹는 이유를
설명하지 않았습니다

아버지 때문입니다
평생 명랑 뇌신을 장복長服한 아버지 이야기를
하기 싫었기 때문입니다

아버지!
지금도 그곳에서 평생 드시던
두통약을 복용하고 계시나요?
저는 머리가 아파도
두통약 먹지 않습니다
평생 아버지처럼
살기 싫어서요

출근에서 퇴근까지

8번 마을버스를 타고 3호선 지하철을 탔다가 1호선으로 환
승하고, 종로3가 2번 출구로 나간다 시 잡지 기사를 작성하
기 위해 7일 동안 컴퓨터를 102번 켰다 껐다 다시 켰다를 반
복한다 그 새 직박구리 부엉이 왜가리 꼬리리체 동고비 즐
겨찾기 휴지통 저장 저장 다운로드 엔터키는 몇 번인지도
모르게 누른다 점심은 간단히 하니힐리치킨 세트1, 콘슬로
우 추가 테이크아웃 762번 번호표를 뽑고 기다린다

아침 8시 10분 전 출근 저녁 6시 30분 퇴근 지하철 종각에
서부터 다시 총 7정거장 7다시 4번 탑승구 환승 환승 그때
문자가 온다 이마트 들러 호주산 스테이크 180그램 사와요
참 가는 김에 연두부도 한 모 사구요

그럼 5호선으로 바꿔 타야겠군 오늘 탄 마을버스는 6033호
성동 8번

할머니 한 분이 화분처럼 앉아 있다

푸대자루처럼

찢어진 검은 비닐 주머니처럼

무슨 죽을 죄를 지었는지

판사님 언도를 기다리는 사람처럼

눈 감고 숨도 제대로 쉬지 못하는 것처럼

번호표 받고 기다리고들 있다 할아버지 아저씨 아주머니….

병원 밖에서는 모두들 갓 씻은 상추처럼 싱싱하거나

봄비 맞는 튜울립처럼 또렷하던 사람들이

살고 죽는 건 하느님이 점지하기 나름이라는데

왜 지레 시든 꽃처럼 앉아 있는지

지금 그들의 가슴 속에

어떤 꽃들이 자라고 있을까

시름시름 시름화

아이구 너무 아파요 고통초

이것도 중병인가요 외롬꽃

희망이 없어요 체념꽃

같은

삐뚤삐뚤한 길

삐뚤삐뚤한 길만을 걸어왔다
골목을 기웃거리기도 하고
사지도 않을 거면서 진열된 상품들을 들었다
들여다보거나 흔들어 보기도 하였다
나는 왠지 곧장 난 대로가 나타나면 겁부터 났다
겁은 나를 보호해 주곤 하였다 아니다
나를 보호한다고 잘못 믿고 있다
한참을 걷다가 아차 지나쳤구나 깨달았을 때는
돌아갈 수 없을 만큼 너무 많이 왔다
내가 골목을 기웃거리는 이유는
혹시 재수가 좋아서 덤으로 물건을 주는 상점이나
경품을 타게 될 수도 있는 행운의 기회가 있을지도 몰라서다
그건 헛된 꿈이었지만
로또처럼 꽝이어서 비록 휴지가 되더라도
발표 때까지 기대를 품을 수 있다
풍선처럼 터져 갈가리 찢어져도
풍선을 들고 있을 땐
풍선과 함께 높이 날 수도 있지
않을까 하는 기대감 같은 거 말이다

삶은 계란이라는 진부한 표현

사람을 한 글자로 줄이면 삶이다
삶은 계란이다 바위를 치지 않아도 살짝 갈등의 모서리에
부딪치기만 해도 사정없이 깨진다 삶은 가지다 잠깐 고뇌의
물에 담그기만 해도 결기 없이 금방 흐물흐물해진다

깨지는 것과 깨는 것은 다르다 깨는 일은 창작이요 깨지는
것은 삶이다 사람들과 어울려 이제껏 살아 보니 너무 많이
깨져서 사실 아프지도 않다 새삶스럽게 깨닫는다

열일곱 살 처녀가 마흔 살도 넘는 아저씨 같은 남자와 자살
을 한다 연탄불 피어놓고. 아내 있는 영화감독이 출연배우
에 빠져 이혼청구 소송을 제기한 채 그냥 버젓이 살고 있는
세상. 사람을 받침만 하나 고쳐 버리면 사랑이다 사탕이 아
니라

왕따 나무 1

형도* 가는 들판 나무 한 그루 서 있다
한때는 바다였다 제방 막아 뭍이 된 이곳에
독야청청 눈보라 비바람 맞아가며
죽었는지 살았는지 모를 나무 한 그루 서 있다
사람들은 그 나무를 왕따 나무라고 부른다
끝 간 데 보이지 않는 수평선 이쪽 저쪽
어디에도 그 나무를 왕따 시킬
나무는 보이지 않는다
그 나무는 숲을 부러워하지 않는다
소나무처럼 성자 같은 당당한 모습도
대나무처럼 곧은 절개 굳은 고집도
밤나무처럼 열매가 열리지도
그저 그 나무는 19금 영화에 나오는
벌거벗은 여주인공처럼 한때는
바다였던 들판에 서 있다
가끔 철새들이 그 나무 위에 내려와
모세혈관 같은 잔가지에서 쉬고 있다

천 리 만 리 여행을 준비하는 새들이다

*시화호에 있던 섬

51

들판에 혼자 서 있으니 그 나무는
나무와 나무, 인간과 인간, 시대와 시대의 간격을 걱정할 필
요가 없겠다 가까우면 망가지고 상처 나고 멀면 무심해지는
갈등 같은 건 없겠다

형도 가는
들판 허리가 반 이상 잘려져 동강 난
휴전선 155마일 한반도처럼
불구不具의 불임不姙의 불감不感의
형도가
형편없는 흐릿한 시력으로
그 나무를 지켜보고 있다

그 나무는 동맥은 없고 모세혈관 같은 잔 나뭇가지 신경세
포만 살아
다 풀어진 파마머리처럼 살아 있다

그 나무는 곧 베어질 것이다 대신 그 자리에 인간들의 아파
트가 들어 서 스무 평 서른 평 불가해한 고민들이 들어 서
새로운 왕따 풍경으로 채워질 것이다

나이가 들다

나는 나이 들고 있다. 먹고 있다가 아니라 들고 있다다. '나이가 들다'는 주격조사 나이가 들다가 맞고 '나이를 먹다'는 목적어 나이를 먹다로 쓴다. 그러니까 내가 나이를 먹는 게 아니라 나이가 내게 들어온다는 뜻이겠다. 먹는 거야 거부하면 안 먹을 수도 있겠지만 들어오는 거야 어찌 막을 수 있으랴.

해가 다르게 목소리가 가라앉고 계단을 뛰어 오르면 가슴이 터질 듯하다. 죽음에 가까워지고 있는지도 모른다. 이 세상에 영원한 건 아무것도 없겠지. 우리 모두는 언젠가 죽을 거니까 억울하지는 않다. 억울하다니, 축복이지 축복이다.

텔레비전 음소거 상태로 잠에 들 때도 있다. 잠을 자는 게 아니라 잠에 드는 거다. 잠에 들다 즉 잠으로 들어간다 빛이 텔레비전 화면에 갇힌다.

오늘밤에는 잠에 빠지고 싶다.

내가 책을 읽는 방법

책을 읽을 땐 판권을 먼저 읽는다 나쁜 버릇이다
평생의 악습이다 편집자의 직업병이다 오만이다

잡지를 읽을 때는 편집후기부터 읽는다
그래 무슨 생각으로 이번 호를 만들었다는 거지
짐짓 편집장 속내 다 안다는 듯 훈수라도 둘 요량으로
콘텐츠를 뒤져나간다
판권에서 가장 유심히 살피는 건
초판본인가 중판본인가 몇 쇄를 찍었는가다
즉 그 책을 읽은 독자의 숫자를 추정해 보는 거다
이 또한 악습이다 직업병이다 독자가
많은 책이 좋은 책이라는 건 편견이다

단행본을 읽을 때 목차는 잘 읽지 않는다
무시한다 역 앞 흔한 식당들 메뉴판 들여다보다가
먹고 싶은 음식은 어디 가고 엉뚱한 메뉴를 골라
그 음식 시킨 다음 곧 후회하는 것과 같기 때문이다
짜장이면 짜장 짬뽕이면 그냥 짬뽕 시킬 걸

아유 표지 날개에 으레 있는 필자 약력은

진상이다 무슨 무슨 고명한 학교 출신이라거나
무슨 무슨 상을 탔다거나 단체 회장입네
무슨 무슨 수혜기금을 받았네…,

저자 약력 길수록 수식어만 요란한
공허한 내용의 책은 읽지 않겠다

그런 책들을 덮으며 말하겠다
문제는 책의 내용이야 이 친구야

길

정상에 오르는 곧은 길일수록
빨리 오르려고 마음이 급해진다

돌아서 가는 굽은 길일수록
천천히 앞단추 풀고 걷는다

곧은길에서는
앞사람을 자꾸 앞서 걷게 된다
굽은 길로 산에 오르는 사람들은
뒷사람에게 길을 양보하며
먼저 가세요 길을 내 준다

곧은길에서는 입을 굳게 다물고
앞만 보고 서두르게 된다

굽은 길을 걸어 산에 오르는 사람은
정담 나누느라 벌린 입속으로 들어오는
바람 동무가 되어 함께 산에 오른다

내가 지금 무슨 짓을 하고 있나

고마우신 대통령 우리 대통령이라고
초등학교 학예회 때 합창을 했던 내가,
한일회담 절대 반대 데모 시위 교문을 뛰쳐나가
겁이 많아 스크램 앞에는 서지 못하고 뒷꽁무니를 따라갔던 내가,
황토현에서 만경강까지 동학군 전적지 찾아다니며
전봉준 장시長詩를 쓰던 내가,
베트남 전쟁터 고보이 너른 들판 판초 우의 쓰고
매복을 하면서도 나는 그 전쟁에 가담하지 않았다며
반전시反戰詩를 쓰던 내가,
언어의 감옥에 갇혀 있지만 말고
탈옥해야만 진정한 시인이라고 주장하던 내가,

지금 무슨 짓을 하고 있나, 내가 도대체
구경꾼이 되어 이 시국을 바라만 보고 있나
바라보면서 뒷다마나 칠 궁리를 하고 있나

삐딱선이라도 올라타야 할 텐데
상어는 뼈가 없다고
붕어빵에는 붕어가 없다고
항변이라도 하며

나는 무명초無名草가 풀 이름인줄 알았다
무명지, 무명 시인…,
그래서 나는 '무명초'라는 제목으로 시를 쓰기도 했다
이름없는 풀이라는 뜻의 시다 이런 무식쟁이

무명초는 이름 없는 풀이 아니라 삭발削髮이다
그냥 멋으로 머리를 짧게 깎는 게 아니라
속세를 떠나 수도승이 되는 스님들이 하는
삭발이다 절연絶緣 선언이다

머리를 깎은 후 그 머리카락을 어디에 묻을까
삭발한 머리를 들고 숲으로 가서
고향을 향해 합장을 하며 묻을까

어제의 나
나의 인연
인연의 욕망
욕망의 슬픔을

땅에 묻을까

만약에
-2020년 지구환경의 날을 맞아

우주에 지적 생명체가 우리밖에 없다면, 만약 우리밖에 없
다면, 정말 우리 인간들밖에 없다면, 무한한 우주 공간에 지
능을 가진 생명체가 오로지 우리밖에 없다면, 만약 지구에
인간과 같은 지적 생명체가 어느 별에도 찾을 수 없다면,

그런데, 만약 우리가 실패한다면, 자기들 나라만 생각하고
자기들 살 때만 생각하고, 만약 우리가 이 우주를 파괴하는
짓들을 한다면, 그래서 이 우주가 파괴된다면, 어느 날 우리
들 중 누가 핵무기 버튼을 누르고 내다버린 쓰레기로 지구
가 오염되어 버린다면, 북극과 남극 빙하가 죄다 녹아 버려
물바다로 뒤덮여, 그래서 지구에서 인류가 살 수 없어 사라
져 버린다면,

모든 희망의 불이 꺼지고 게임오버가 된다면, 우리가 우주
를 살리는 마지막 열쇠를 쥐고 있다는 사실을 알면서도, 실
천하지 못했다면

큰 잘못을 저지르는 셈이다

허홍구 시인의 '채송화'라는 시에서

'발뒤꿈치 한 번 들지 않았다
몸 낮추어도 하늘은 온통 네게로 왔구나'
이 구절을 읽고 벌린 입을 다물지 못했다

채송화는 제 작은 키를 감추려고
일부러 발뒤꿈치 들어 키가 커 보이게도 하지 않고
나만 잘났다고 떠들어대지도 않는다는 거다
거다 '앉은뱅이꽃'이라는 이름으로
화단 한 귀퉁이 존재조차 미미한 채송화를
촉촉하게 젖은 눈으로 바라보는
허홍구 시인에게 경례!

그리고 마지막 두 줄이 절창이다
'올망졸망 어깨동무 하고 사는구나'

사람 사는 세상이
우리가 사는 이 세상이
어때야 한다는 걸 단 두 줄에 담다니!

용종

용종을 네 개나 떼어냈어요
의사는 개선장군처럼 말했다

나는 마치 별 네 개 훈장을 받은 듯하였다

수술을 받은 후 회복실에 누운 나는 용종처럼
내 인생에서 빠져나간 사람과
내가 밀어낸 사람을 생각하였다

사람의 몸속엔 누구나 용종 한두 개쯤은 있다는데
그들은 내게 용종 같은 위험한 존재였을까
어떤 용종은 죽을 병 암으로 커지기도 하지만
오히려 해로운 조직을 잡아먹기도 하는
이로운 용종도 있다고 말하며

일 년 뒤 다시 와서 조직검사 꼭 받으세요
의사는 공소시효가 끝나지 않았다고
선고하는 판사처럼
겁을 주고 입원실을 나갔다

내 취향을 말씀드리자면

술이 그렇다 소주면 소주 맥주면 맥주 막걸리면 막걸리를
그날 그 자리에서 별로 망설이지 않고 선택해 마신다 내가
알기로도 소주도 맥주도 막걸리도 메이커는 여러 개다 그렇
지만 거기서 거기, 소주면 소주지 처음처럼이니 참이슬이니
파란 딱지니 빨간 딱지니를 가리지 않는다 초딩 수준 입맛
이다

그런 나는 와인은 별로다 아니 오해 없기 바란다 와인을 싫
어해서가 아니다 그 옛날 어린 시절 어른들이 마시던 그 달
달한 포도주에 길들여져서다 메독이다 보르도산이다 생산
지를 따지지 않는다 굳이 와인이 취향인 사람이 고집하면
그가 고르는 와인을 선택한다 첫 잔을 입에 대고 향이 참 좋
군요 한 마디면 끝이다

밥도 그렇다 원래 없는 집안 출신이어서 그런가 밥은 점심
이든 저녁이든 생존의 수단이 첫째지 무슨 미식味食 개념이
아니다 별식보다는 그저 그날 그날 일상처럼 받아놓은 밥상
위의 밥이 좋고 국수도 밥만큼 좋다 맛있는 점심을 먹으러
승용차를 타고 한 시간 두 시간 가는 식사 원정은 사양이다
점심은 마음의 점 찍는 정도 저녁은 친구들과 우정의 한 잔

곁들이는 정도다

시에 대해서는 더 이상 취향이랄 것도 없다 좋아하는 시인
이 누구 누구인지 정해 놓지도 않았다 미당 시도 좋은 건 좋
고 그저 그런 작품은 그렇고 목월의 시도 가정적 소재의 시
는 좋아하지만 그밖에 무슨 인생론적 철학적 내용을 담은
작품들은 어째 소탈한 목월 같지 않아 낯설다

낯설다는 건 시작詩作의 장점이라고 하지만 그런 낯설음이
아니라 시인다움을 벗어난 낯설음이다 능숙한 수사법으로
기발한 표현을 하는 시들이나 시인의 도덕적 기준을 강제하
는 듯한 위선은 싫다 지난 밤 애 업은 여자랑 오입을 했다는
수영沐暎이나 유머 속에 능청스러운 표현으로 허위와 기만을
눙치는 몇 몇 몇 시인들의 시를 좋아한다

참을 수 없는 시의 가벼움이란 없다

4

절벽의 도시

내가 가장 싫어하는 표현은 서울은 빌딩의 숲이라는 말이다. 숲은커녕 나무 한 그루 제대로 자리 잡지 못한 도시다. 서울은. 숲이 아니라 빌딩의 절벽이다. A빌딩 K통신 S그룹 D타워 사이에만 벽이 가로막는 건 아니다. 한 빌딩 속에서도 사람과 사람, 시대와 시대, 이념과 이념, 남자와 여자, 집단과 집단, 출신과 출신, 학벌과 학벌, 고향과 고향으로 나누고 가로막는 철벽이 있다. 사랑을 한다고 노래를 하면 무얼 하나. 그 사랑은 이기심의 칸막이에 갇혀 있고 그 사상은 이해타산의 파티션으로 나뉘어 있다. 학교에선 점수로 토막 내고 사람들은 아파트 평수로 등급 매기고 간단한 논쟁거리 다툼도 복잡한 법률 몇 조 몇 항으로 난해하게 판결하고 청약 1순위 2순위라는 절벽이다. 이른바 빌딩의 숲이라는 서울에 살면서 나는 꿈꾼다. 빌딩과 빌딩의 절벽을 기어오르고 뛰어서 건너다니는 스파이더맨이 되고 싶어서 나는 꿈꾼다. 실패할 뿐이지만. 센서로 입구가 잠겨 있고 카드로 찢어지고 팬데믹으로 마스크를 가린 사람 사는 세상은 묵음默音이 된 지 오래 이 빌딩의 절벽을 날지 못하면 뛰어내려야 한다. 저 태평양 같은 대해大海를 떠다니는 배처럼, 노아의 방주처럼 빌딩을 개조해 만들고 싶다. 마지막 구원의 장소로 변하는 둥지로, 상상력으로….

서울, 2021 지하철 1
-나를 바라보다

나는 서울의 유목민이다. 원주민이 아니다. 아침에 지하철
에 올라타면 그때부터 나는 지하여행객이다. 난민이다. 흔
들리는 몸뚱어리를 손잡이 하나에 의지하고 땅속을 달린다.
땅속에도 파도가 있다 이 파도를 넘고 건너가는 여객선에
올라탄 셈이다. 콘텐츠는 무궁무진하다. 서울에서 잘 사는
요령은 똑같은 방향으로 흔들려도 똑같은 생각을 하지 않을
것. 나는 다른 승객들과 같지 않다. 순간 다음 역의 부두에
서 승객들은 조금씩 내린다. 좁디좁은 객실에서 숨 쉴 틈을
확보하는 게 시급하다. 희망이랄 게 무어 있나. 유일한 희망
은 저마다 손에 핸드폰을 움켜쥐고 항해를 계속하는 것. 전
화가 걸려오면 구석에 찌그러져 죄 짓듯이 통화를 해대지만
알고 보면 똑같은 소식이지 뭐겠어 조간신문을 읽으며 내
소식이 분명 아닌데도 내 이야기라고 믿는다. 열차에 올라
타는 것이 유일한 바람이던 것이 이제는 내리는 것이 소원
으로 바뀔 때쯤에 일상^{日常}이라는 섬에 닿는다. 평평한 땅에
내려 두 발을 붙이고 섰어도 흔들림은 계속된다. 이번에는
몸이 아니라 마음이다.

서울, 2021 지하철 2
-경로석

아침 열차에서 나는 경로석에 앉지 않는다 나는 주로 빈 좌
석이 있다면, 만약에 그런 행운이 차례 온다면 열차 중앙 좌
석에 앉고 싶다 아무도 모르는 사람들 속에 섞여 있지만 금
방 옆사람이 하는 말소리가 들린다 "무슨 일이야?" 나이 많
은 여자가 묻는다. "아무것도 아니야." 젊은 여자가 대답한
다. "그럼 왜 울고 있어?" "엄마 때매.몰랐어? 엄마 감옥에
갈 수도 있어." 젊은 여자가 나이 많은 여자에게 들이댄다.
"몰랐어?" 나이 많은 여자가 "괜찮을 거야. 무슨 일이 있겠
어." 두 여자는 다음 역에서 내렸다. 두 여자가 앉은 자리에
새 여행객이 앉는다. 나는 내 인생이 아무 방향도 없는 것처
럼 앉아 있다. 그냥 열차가 가는 대로 두면 내릴 데가 정해
질 거다. 지금 열차 밖 세상은 불발탄 투성이다. 언제 폭발
할지 모른다. "어쨌든."

서울, 2021 지하철 3
—시詩를 읽다 시詩를 기다린다

"이 열차는 더 이상 운행하지 않습니다. 타는 곳 4번에서 다음 열차를 기다려 주시기 바랍니다." 왕십리역 종착 열차에서 쫓겨난 사람들은 오지 않는 열차를 기다리며 유리벽을 마주 보고 선다. 출근하는 사람들은, 출장에서 집으로 돌아와 보니 김치 한 그릇에 혼자서 우걱우걱 저녁상을 앞에 놓고 있는 아내를 노래한 스크린도어의 시 한 편에 멍해진다. 일터로 향하는 방향으로 가다가 왜 저녁밥상을 읊은 시를 마주해야 하나? 늙은 남자는 시선을 벽에 씌어진 시구에 고정한 채 전화를 건다. "오늘 일찍 퇴근할 테니까 외식이나 하자구."

사람들은 그 시와 남자를 번갈아 쳐다보면서 곧 도착할 열차를 기다린다. 전화를 끊은 남자는 몹시 아쉬운 표정으로 혼잣말로 조금 전에 읽었던 시구를 떠올리면서 "그래, 꼭 오늘만 날은 아니겠지, 뭐." 그 남자의 아내는 우세스럽다고 했을 것이고 남자는 괜히 전화를 걸었다 싶을 것이다. 누구든 갈아탈 열차는 곧 올 것이라고 믿는다. 사람도 그럴 것이라고, 사랑도 환승하면 다음 사랑이 올 거라고 믿는다. 헤아릴 수 없이 많은 시구詩句들이 노래한 것처럼.

레밍스
−서울, 2021 지하철 4

툰드라 지역에 살고 있다고 알려진 나그네쥐는 개체수가 증가하여 한계점에 이르면 누가 시키지 않더라도 낭떠러지로 달려가 스스로 몸을 던진다. 윤리도 아니다, 법칙도 게임의 룰도 아니다. 본능이다. 고민하지 않는 본능이다. 사람은 어찌하여 본능을 무시하는가. 제 한 몸을 던져 남은 쥐들을 살게 해 준다는 희생정신을 지녔을 리 만무하기에, 이를 두고 인간들은 광기狂氣라고 분류한다. 인간에게는 왜 광기가 사라졌나. 아침 열차를 타는 사람들은 신문을 읽든 스마트폰을 쳐다보든 심지어 졸고 있었더라도 어느 역에서 언제 내릴지를 감지해내니까 문만 열리면 줄지어 내리면 그만이라는 것을 알고 있으면 상황 끝이다. 열차 안에 남겨진 사람들은 으레 내릴 데에 왔으니 내리겠거니 여긴다. 새로 타는 사람들에게도 '결국은 내릴 텐데 왜 굳이 타려고 할까' 궁금해하지 않는다. 결국 나그네쥐라고 부르는 레밍스는, 개체수를 늘이는 게 아니라 줄이려고 그리했을 거라는 결론에 이른다.

최후의 통화
-서울, 2021 지하철 5

"이는 너희를 위한 내 몸이다. 너희는 나를 기억하여 이를
행하거라. 이 잔은 피로 맺는 새로운 계약이다. 너희는 이
잔을 마실 때마다 나를 기억하여 이를 행하거라."

시대가 바뀌었으니 그 계약을 조정하기로 하자. 스마트폰은
너희를 위한 내 전부다. 너희는 나를 검색하고 터치하면 그
만이다. 이 스마트폰은 내 벌이의 일정 부분을 탐하는 계약
이다. 너희 화면을 터치할 때마다 나를 기억하고 결제함을
잊지 말아라. 스마트하게 아멘.

아들아, 청년을 위한 나라는 없다
-서울, 2021 지하철 6

청년을 위한 나라는 없다. 아들아, 세상은 호락호락하지 않
단다. 목표는 저만치에 있단다. 일단은 이루기 쉽지 않다는
것을 알고 있거라. 건널목의 푸른 신호가 밝혀졌더라도 한
번은 의심할 것을 잊지 말아라. 남들이 먼저 건너가거든 반
발짝만 뒤떨어져서 걷거라. 그래야 매를 덜 맞는다. 서두르
지 말거라. 돈 보다도 더 강한 게 젊음이다. 자세를 한껏 낮
추고 좀 늦게 가도 괜찮다. 어차피 다음 신호에는 건널 수
있단다. 그렇다고 너무 오래 앉아 있지는 말거라. 다들 서서
바삐 건너가는데 혼자 오래 앉아 있으면 걷지도 못한다고
무시당하는 세상이니까. 아들아 그럼 이제 건너가 볼까.
"아버지, 지금은 빨간 신호인데요."

서울, 지하철 2021년 7
-길은 막다른 골목이 적당하오

우리 골목의 의미는 눈앞에 막힌 벽이 놓여 있음에도 다가
서면 곧 뚫린 길이 나오고, 또 막힌 것 같다가도 연이어 뚫
린 길이 나오는 곳이다. 굳이 '길없다'고 하는 이유는 돌아
가라는 의미다. 그래도 헤아릴 수 없이 많은 사람들이 골목
이라고 믿고 끝 간 데까지 다가선다는 이야기일 게다. 그렇
다고 해서 '길 있다'고 써놓으면 상관 없을 거라고? 그건 골
목이 아니지. 그저 벽일 뿐이지. 길 없다고 해야 길 있을 거
라고 믿고 다가설 테고, 길 있다고 하면 누구든 막다른 곳이
라고 여기는 거다. 역설적인 것이 씌어진 대로 읽히는 그런
세상이 안타깝지. 길 없다면 돌아가거라. 그게 약삭빠르게
잘 사는 길이다.

바람 잘 날 없다는 말도 있다는데 나는 잠만 잘 잔다. 시인은 생각이 많고 고민할 게 많은 족속이라 불면증에 시달려야 비로소 시다운 시 고뇌다운 고뇌 깊은 사유를 통해 시다운 시가 나온다는데, 나는 시인되기는 틀렸다. 매일 밤 잠이 안 온다면서 불면증으로 고생하는 아내는, 그때마다 '총, 균, 쇠' '지리의 힘' '사피엔스' '전쟁과 평화' '카라마조프가의 사람들' 같은 두꺼운 책들을 잠이 올 때까지 통독한다. 그런데 나는 머리가 채 베개에 닿기도 전에 잠이 든다고 하니 차라리 아내가 시인이었으면 좋겠다 아프간이다 미얀마다 부동산 폭등이다 검사완판이다 시국이 온통 혼란스러워 뉴스는 아예 보지도 듣지도 말자 시대정신이 이 꼴이니 나라 망하는 거 시간 문제라면서 바람 잘 날 없다고 난리들이라는데 오늘밤에도 미안합니다 역시 나는 잠을 잘 잘 것 같다

　•

'독자여, 미안하다'는 제목의 머리말에서, 나는 이 시집의 성격을 '플랜B'라고 밝혔다. 건방진 표현이다. 시에 플랜A가 어디 있으며 플랜B라는 식의 시적 성격 규정이라니…. 그러나 굳이 내가 '플랜B'라고 하는 데는 이유가 있다. 이 시집에 수록한 대부분의 시들이 그 이전, 내가 젊은 시절부터 추구해 온 시들과는 다르다는 뜻에서 사용한 말이다. 그러나 이 시집에 수록한 작품과 같은 시를 앞으로도 계속 쓰지는 않을 것이다. 그 이유는, 앞으로 전개될 시국이 지금보다야 나아지지 않겠느냐는 예측과 그런 시대정신의 흐름의 변화가 희망적이기 때문이다. 그러나 미래는 신의 영역이다. 지금보다 더 해괴한 모습으로 악화되면, 지식인으로서 방관만 할 수는 없겠다.

　•

이 시집의 분위기는 냉소적이다. 삐딱하다. 편견일 수도 있다. 처음에 시집을 준비하면서 시집의 가제假題를 일단 『냉소적』 『냉소적 또는 삐딱하게』라고 작명했었다. 그러다가 마무리 작업을 할 무렵, 갑자기 "오징어 게임"이라는 넷플릭스 드라마가 공개되자마자 온 세계를 폭풍과 같은 화제로 휩쓰는 것을 보게 되면서, 제목을 아예 『무궁화꽃이 피었습니까』로 바꾸었다. '무궁화꽃이 피었습니다'가 아니라, 질문하는 제목이다. 『무궁화꽃이 피었습니까』로 제목을 지은 의미를 독자들이 이해해 주셨으면 좋겠다. 이 제목으로 바꾸고 보니, 자칫 시세에 영합하는 것 아니냐는 생각이 들기도 하였다.

•

윤동주를 좋아하는 분들이 참 많다. 그분들 중에는 윤동주를 '저항시인'이라는 좁은 카테고리에 묶어두지 말자는 의견들이 적지 않다. 한국을 대표하는 아이콘으로서 '저항시인'은 걸맞지 않다는 것이겠다. 그분들은, 윤동주의 시를 좋아하는 이유가 '동심이 살아 있고' '맑은 서정시'이기 때문이라면서 윤동주 시인을 마치 '착한 모범생'이거나 '예쁜 연애시'를 쓴 유약한 청년으로 만들고 있다. 아니다. 나는 아니라고 단정적으로 주장하겠다. 그분들은 윤동주 시인이 살았던 '시대'를 모르거나 무시하고 있다. 일제 강점기 그 엄혹한 시대에 '한글'로만 시를 쓴 윤동주는 분명 '저항시인'임에 틀림없다. 상당수 작품에서, 식민지 시대의 지식인으로서 일본 제국주의를 비판하는 데 주저하지 않은 윤동주 시인의 시정신이 번득이고 있음에랴. 만약에 지금 윤동주 시인이 살아 계시다면 상상 이상의 강력한 비판적 시로써 세상을 향해 중요한 메시지를 던지고 계실 것이다.

•

2011-2014년 오세훈 시장 시절 수도권 지하철 스크린도어 시 관리 용역을 맡게 된 인연으로, '시의 대중화운동'을 펼치는 서

울시인협회를 창립하고, 그 기관지 성격의 시 전문잡지 '월간
시'를 창간한 때부터 '필연적으로' 윤동주 시인에 관심을 갖게
되었다. 그 관심은 2017년 서울 프레스센터 국제회의장에서
'윤동주 100년의 해' 선포식을 열면서 깊어지기 시작하였다.
그래서 '월간시'에 매월 '윤동주를 지킵시다'라는 제목 아래 윤
동주 생애를 추적하는 취재 활동을 펴는 한편, 윤동주 문학기
행을 주관하였고, 윤동주 관련 모든 정보를 수록한 윤동주 자
료집『윤동주 살아 있다』등을 엮었다.

 •

이 시집의 작품들은, 김춘수의「부다페스트에서의 소녀의 죽
음」, 박인환의「자본가에게」「인도네시아 인민에게 주는 시」,
김남조의「조국」, 정공채의「미팔군의 차」, 김수영의「우선 그
놈의 사진을 떼어서 밑씻개로 하자」, 그리고 윤동주의「또 다
른 고향」「한난계」같은 작품들이 수원水源이다.*

seestarbooks 020

민윤기 제7시집

무궁화꽃이 피었습니까

제1쇄 인쇄 2021. 11. 20
제1쇄 발행 2021. 11. 25

지은이 민윤기
펴낸이 김상철
펴낸곳 스타북스

등록번호 제300-2006-00104호
주소 서울시 종로구 종로 19 르메이에르종로타운 B동 920호
전화 02-735-1312 팩스 02-735-5501
이메일 starbooks22@naver.com

ISBN 979-11-5795-619-7 03810

ⓒ2021 Starbooks Inc.
Printed in Seoul, Korea